James Redfield y Dee Lillegard

La Canción de Celestino

La novena revelación para niños

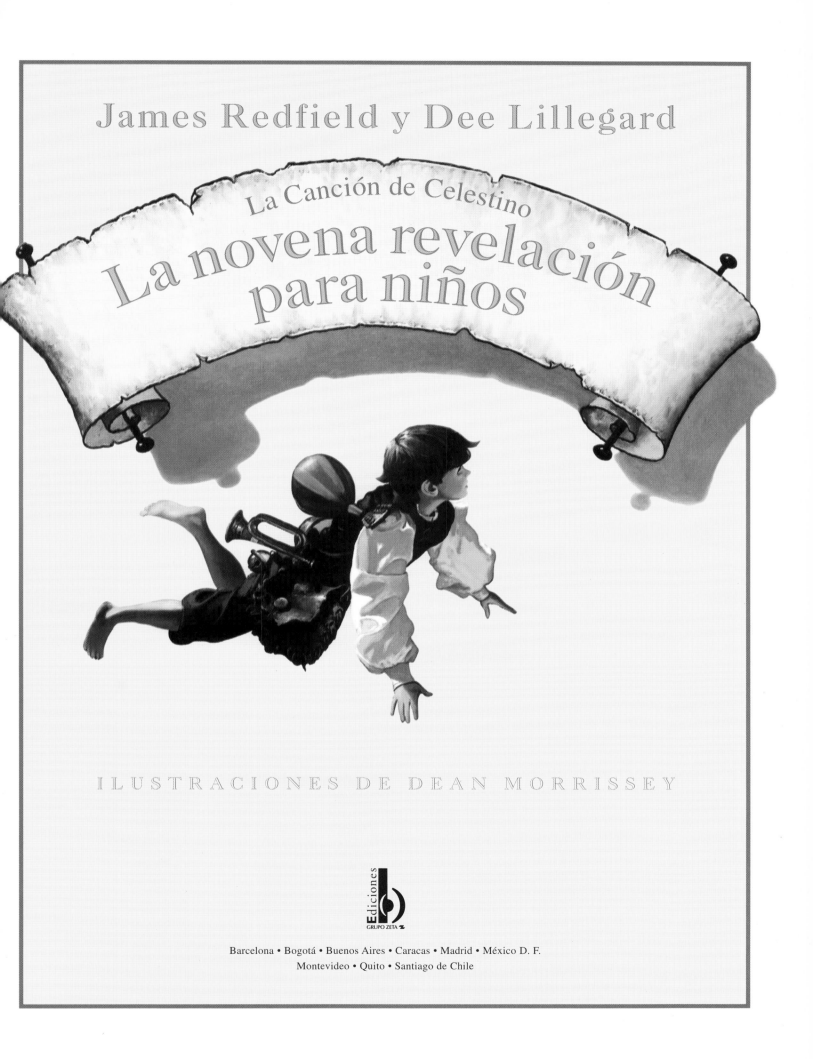

ILUSTRACIONES DE DEAN MORRISSEY

Ediciones b
GRUPO ZETA

Barcelona • Bogotá • Buenos Aires • Caracas • Madrid • México D. F.
Montevideo • Quito • Santiago de Chile

Había una vez un inquieto niño llamado Celestino
que estaba solo en el mundo y no se sentía amado.
Un día fue al bosque y encontró un sendero…
quiso seguirlo, pero perdió el camino.

Celestino se sentó y permaneció inmóvil,
temblando de frío, solo y asustado.
Desanimado, miró al suelo
y vio un montoncito de hojas.

El viento empezó a soplar
y las hojas se arremolinaron a su alrededor.
Parecía que cobraban vida y formaban la palabra
¡ATENTO!

Celestino vio una hilera de hormigas desfilando
junto a él y sintió crecer su curiosidad.
Las siguió con calma hasta su destino:
un elevado muro de piedra.

Atento, Celestino,
le advirtió una voz sin rostro.
Celestino vio una puerta diminuta y pensó
que tal vez nadie la habría traspasado jamás.

Sobre la puerta sin cerradura, en la piedra,
aparecieron muy lentamente estas palabras:
AL PASADO, así decían.

Celestino empujó la puerta...
cuando de pronto una ráfaga de aire
lo arrastró con indomable fuerza
al interior de un extraño
mundo medieval.

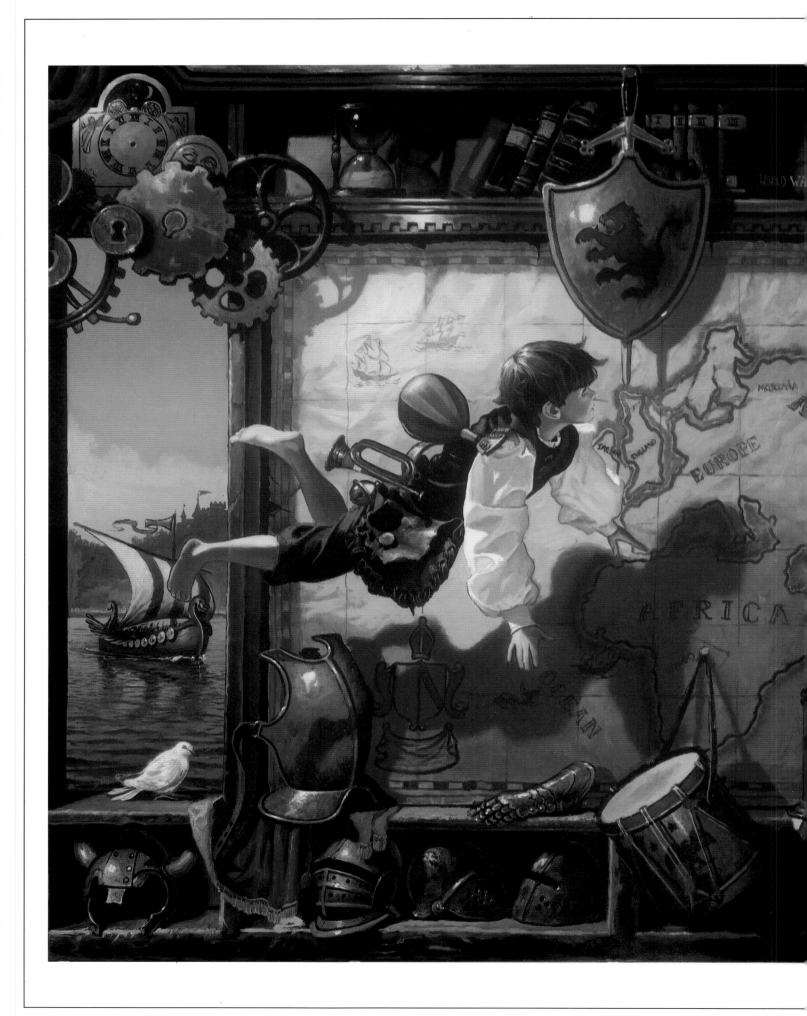

Celestino vio sucederse las guerras
y las absurdas luchas de los hombres.
Entonces comprendió la importancia
que tiene el *pasado* para el *presente*.
«¿Por qué? —se preguntó—. ¿Por qué y cómo?»

Ante sus ojos apareció una luz
y un camino bordeado de rosas rojas.
Resplandecientes tras las lluvias del estío,
los pétalos formaron un nuevo mensaje:
A LAS FLORES.

Las corolas relucían a su alrededor
y el niño se asombró ante tanta belleza.
Celestino se sintió crecer y madurar
y lo más profundo de su ser *resplandeció*.

¡Celestino se sentía colmado,
colmado y rebosante de *energía*!
¡Celestino se estremeció con el inmenso
poder de la *energía*!

Unas majestuosas nubes surcaron el cielo
y también formaron palabras: A LOS ROSTROS.
Entonces, muy cerca de Celestino,
apareció una sombra y de su interior
surgió un imponente guerrero.

El guerrero, con voz tenebrosa,
reclamó para sí la energía de Celestino.
Pero el niño no deseaba perderla
y se enfrentó al guerrero
bajo la tenue luz del atardecer.

Celestino, perdido el combate,
cayó de rodillas bajo los robles.
Pero, al alzar la mirada, vio escrita
entre las ramas la palabra AMA.

Al contemplar el rostro del guerrero,
Celestino se sintió en paz consigo mismo.
El amor venció al temor;
el guerrero se desvaneció en silencio.

Varias mariposas rodearon a Celestino
revoloteando ante su atónita mirada.
Desplegaron sus hermosas y brillantes alas
para formar dos palabras: HACIA CASA.

Celestino se volvió y vio un venado.
Sígueme..., le pareció oír.
Aunque el niño continuaba perdido,
ya no tenía miedo.
Sígueme... y decidió partir.

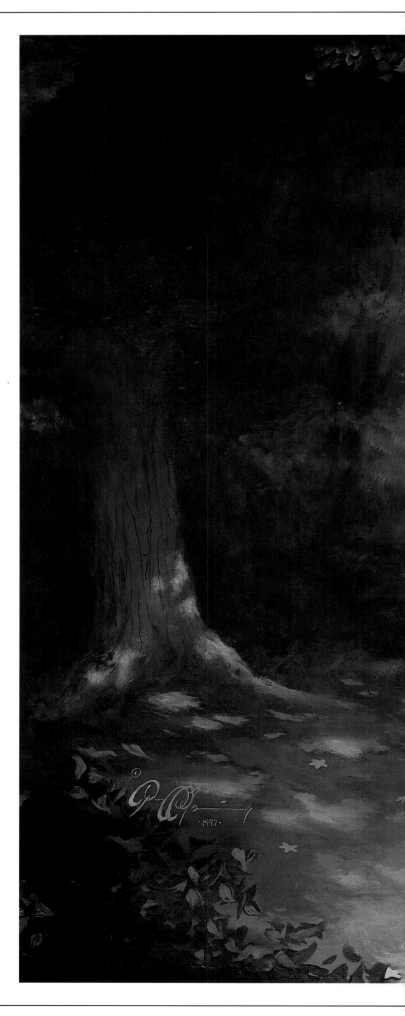

Celestino y el venado anduvieron
hasta una colina.
Miró hacia el valle y vio una luz…
«¡Mi casa!», pensó. Parecía una isla brillante
entre la profunda oscuridad de la noche.

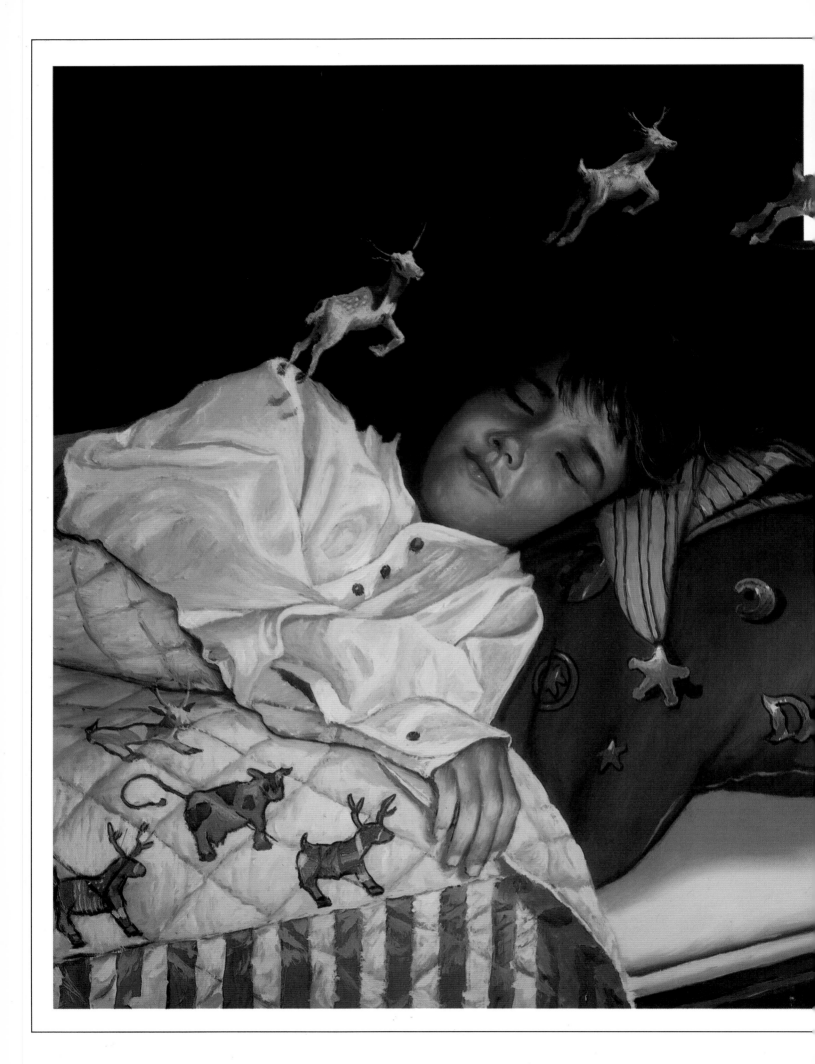

Celestino, descansa en tu lecho.
Mientras apoyaba su fatigada cabeza,
vio una palabra bordada en la almohada.
En letras muy bien bordadas decía: SUEÑA...

Celestino soñó que escuchaba el eco de un coro
entonando una melodía cada vez más poderosa.
Un rayo resplandeció en el cielo y formó
una palabra hecha de luz: COMPARTE.

Celestino se despertó y saltó de la cama.
Todos los mensajes que había encontrado
en el camino pasaron por su cabeza.
*Atento... al presente y al pasado. A las flores
y a los rostros.* Por fin había llegado a *casa*.

Y el coro entonó una melodía única:
¡Ama. Sueña. Comparte. Disfruta!
Desde aquel maravilloso día, Celestino
supo que nunca más se perdería
por los caminos de la vida.

Y también aprendió algo que antes no sabía:
que nunca más se sentiría solo.
Entonces, como se había predicho,
comenzó a cantar la Canción de Celestino.

Para mi amiga y agente Kendra Marcus, quien tuvo la idea de crear un libro ilustrado
y confió en mi capacidad para llevarlo a cabo.
D. L.

Dedicado a Ian Morrissey.
Mi más sincero agradecimiento a los niños que me acompañaron en este viaje: David Morrissey,
Devin Newton, Amanda Morrissey y Amanda Sawan.
D. M.

Título original: *The Song of Celestine*

Diseño del libro: Sheila Smallwood

Traducción: Mercè Diago y Abel Debritto

1.ª edición: marzo, 1999

© 1998, James Redfield, Dee Lillegard y Dean Morrissey
© 1999, Ediciones B, S. A., en español para todo el mundo
Bailén, 84 - 08009 Barcelona (España)

Publicado por acuerdo con el editor original,
Little, Brown & Company Limited

Impreso en España - Printed in Spain
ISBN: 84-406-9022-3
Depósito legal: B. 6.269-99

Impreso por Industria Gráfica Domingo, S. A.